さくら貝とプリズム

JUNIOR POEM SERIES

西沢杏子 詩
東 逸子 絵

もくじ

Ⅰ　さくら貝

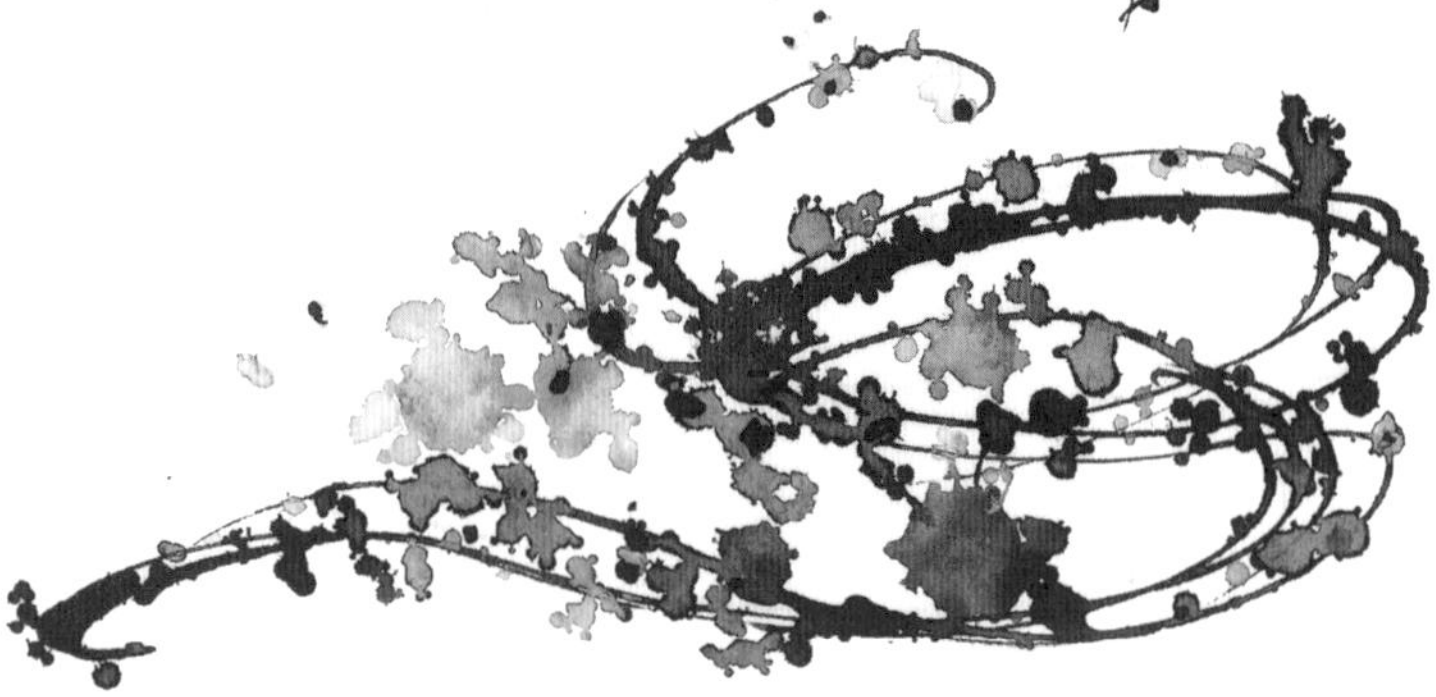

Ⅱ　プリズム

I　さくら貝

ヤマネのぬいぐるみ

いつのまにか眠《ねむ》っていた
泣いていたはずなのに、ね

朝。

目が覚めたら
おふとんのなかで
なにかがふにゃりと動いた
ヤマネのぬいぐるみだった

わたしが眠ったあとも
ようすを見守っていた猫《ねこ》のマユが
大事なヤマネだけど貸《か》してやろうと
おふとんにもぐりこませたんだ、ね

これまで味わったことのない
同じ年生まれのマユの思いやり
ありがとうが胸《むね》いっぱい

もう。
昨日の続きなんかを
泣いてはいられない

さくら貝

乾《かわ》いた砂《すな》に
埋《う》もれそうになりながら
薄紅《うすべに》色に光っている貝殻《かいがら》を見つけた

駆《か》けよって拾ったら
はしゃいだ指が圧《お》しつぶした
それまで触《さわ》ったこともなかった
薄い殻《から》……

あぁ　さくら貝

いくつになっても
あの殻の薄さや
消え入りそうな紅色に出合うと

幼《おさな》かった海辺《うみべ》での心躍《おど》りと後悔《こうかい》が
柔《やわ》らかく入り交じり
用心深くなった指先から滲《にじ》み出《で》てくる

「みんな」

「みんな持ってる」
「みんな言ってる」
「みんなやってる」
っていうけれど
「みんな」ってどこにいる
「みんな」はみーんな
わたしの頭のなかに

「みんな」はみーんな
わたしの胸《むね》のなかに

わたしの思うまま
わたしの考えるとおり
わたしの都合がよいように

「みんな」はだまって
わたしについてくる

「みんな」というみーんなに
わたしは少し迷《まよ》いながら
こりずに指揮棒《しきぼう》を構《かま》えたりする

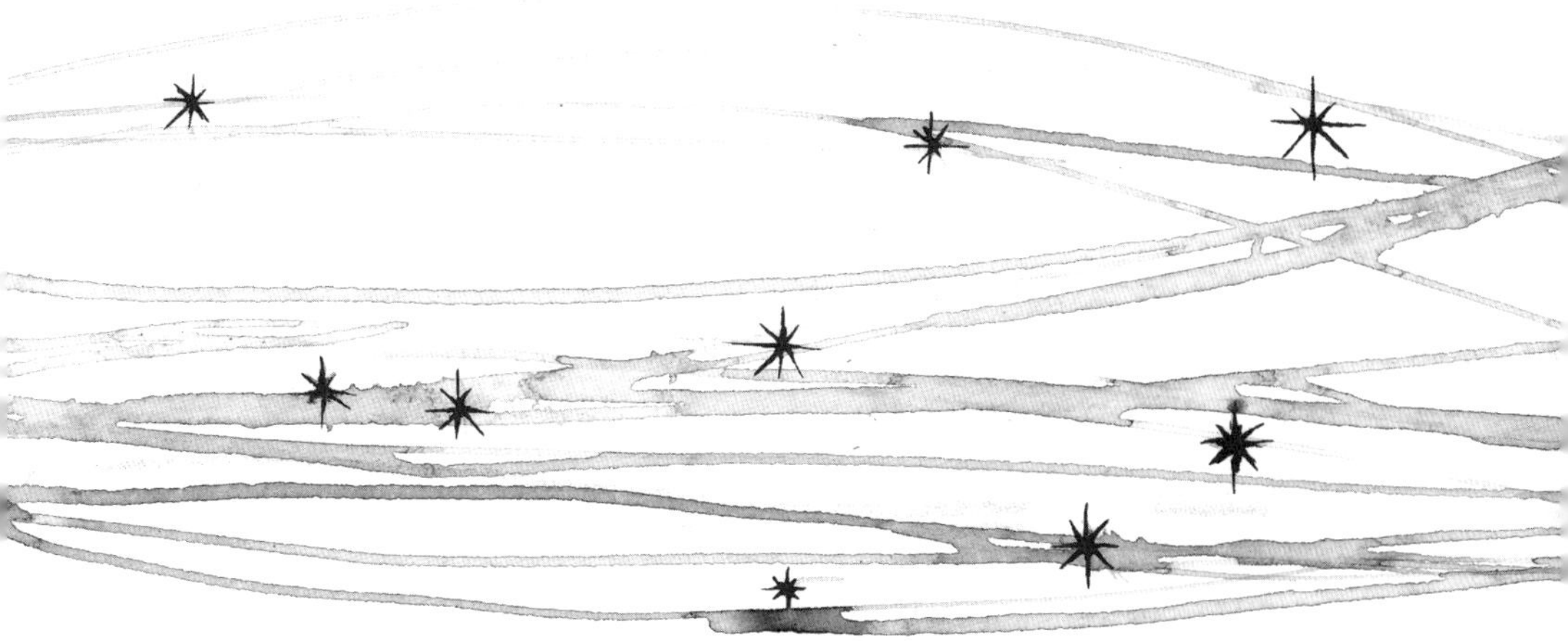

白い小舟《こぶね》

甲《こう》イカは
体内に小舟を一艘《そう》 舫《もや》っている
流線型《りゅうせんけい》の白い小舟だ

舟《ふね》だけになった甲イカを
わたしのなかの潮《しお》だまりに
浮《う》かべるのが好き

友だちといるときに
ふとした弾《はず》みに交叉《こうさ》してできる

眼差《まなざ》しの潮だまりに浮かべるのもいい

白い小舟は
わたしと友だちだけの潮だまりで
海鳴りの音を聴《き》き
海鳥《うみどり》の歌を聴く

その白い小舟に乗《の》り込《こ》んで
友だちと聴く海鳴りの音
友だちと聴く海鳥の歌

かすかな潮の香《かお》りに包まれて
揺《ゆ》れるリズムをまさぐるのが好き

注　舫う……船を杭などに
　　　つなぎとめること

きみの僻地《へきち》

トレッキングシューズで足元を固め
きみの山岳《さんがく》地帯に
分け入りたいときがある

そこに隠《かく》しているのはなに？
胸《むね》に白い月の無いツキノワグマ？
神の使いだというアイヌ伝説のクマ？

シュノーケルやフィンを着け
きみの海に

潜《もぐ》りたいときだってある

そこに隠しているのはなに？
エビの夫婦《ふうふ》に棲《す》みつかれ
戸惑《とまど》っているカイロウドウケツ？

準備ができていないときでさえ
きみの僻地に踏《ふ》み迷《まよ》いたい
なんてのはしょっちゅうさ

僻地の岩穴《いわあな》に
たとえきみが火を噴《ふ》く竜《りゅう》を
匿《かくま》ってたってていいから！

自信がない

わたしが
ビロウドコガネを
つかまえたいと思うように
ビロウドコガネは
わたしをつかまえたいと
思うのだろうか

わたしが
ビロウドコガネのミイラを
宝物《たからもの》にするように
ビロウドコガネは
わたしのミイラを
宝物にするだろうか

いやぁ、自信がない

どんがらがっちゃ！

むしゃくしゃして
道で小石を蹴飛《けと》ばせば
小石にむしゃくしゃが移《うつ》って
どんがらがっちゃ！
と　どこかで車がぶつかる

むしゃくしゃして
道で火のついたタバコを踏《ふ》みつぶせば
雑草《ざっそう》にむしゃくしゃが移って
どんがらがっちゃ！

と　どこかの草地が火事になる

むしゃくしゃして
道ですれ違《ちが》った誰《だれ》かをにらめば
目から目にむしゃくしゃが移って
どんがらがっちゃ！
と　どこかの誰かが火花を散らす

むしゃくしゃを
どんがらがっちゃに育てないために
まっ正直に道を歩いて図書館に行き
買いたくてもなかなか買えずにいる
本を借りて帰ろう！　っと

手の　多分と確実《かくじつ》

たくさんの
しあわせを逃《の》がした手だね　多分
たくさんの
ふしあわせを振《ふ》り払《はら》った手だね　多分
たくさんの
ウイルスに触《さわ》られた手だね　確実に
たくさんの
見えない言葉を投げた手だね　多分
たくさんの
小虫をたたいた手だね　確実に

たくさんのしあわせを
周りの人たちに渡《わた》したい手だね　多分
たくさんのしあわせを
好きな人に渡したい手だね　確実に

初恋《はつこい》の隠《かく》れ場所《ばしょ》

どこにいますか　わたしの初恋
遠い所ですか　近い所ですか
わたしがひとりで行けますか　そこ
まだまだ行けませんか　そこ
賢《かしこ》くなったら行けますか　そこ

あなたが賢くなっても
こられませんよ　ここ
思慮深《しりょぶか》くないと
こられませんよ　ここ

わたしの隠れ場所は
あなたのなか
あなたのなかの
ごつごつの岩場

あなたがこれから好きになり
その人の元気な日々を願えるとき
そのときだけに顕《あらわ》れて
そのときだけにしか覗《のぞ》けない
岩場の窪《くぼ》みの　水鏡

ことにする

おはよう！　といってても
おはよう！　と返さない人がいる
ま、いてもいいかな

こんにちは！　とほほえんでも
無視《むし》してしまう人がいる
ま、いてもいいか

こんばんは！　とおじぎをしても
見えない人がいる
ま、いてもいいよ

わたしと出会ったとき
その人はわたしの三分の一も
わたしに関心がなかった　ことにする

関心が同じくらいになったら
わたしの挨拶《あいさつ》が見えてくる　ことにする

猫《ねこ》がむっくり

ぷにょぷにょの肉球
冬毛のまっ白いお腹《なか》
お日さまにさらして
日向《ひなた》ぼっこをしている猫

そのそばにいるだけで
もう　なにも要《い》らない

さっきまで欲《ほ》しかった
冴《さ》えわたる思考回路

新鮮《しんせん》なエキセントリック
兄さんみたいに思えるトモダチ

そんなもの……

あ、猫がむっくり起きあがった
さっきまで欲しかったものも
むっくり　起きあがって　きそう

ゾウとリス

ゾウはゆったり
リスはせこせこ

ゾウはしわしわ
リスはふかふか

ゾウはぶらぶら
リスはきろきろ

ゾウは長生き
リスは早死に

なんて違《ちが》うのと
思うなかれ

ゾウとリスの心臓《しんぞう》が
一生に打つ心拍数《しんぱくすう》は

両方ともに約十五億回
ほぼ同じだと聞く
この摩訶不思議《まかふしぎ》！

ばったばったと

カレはわけもなく
きょうも誇《ほこ》り高《たか》くて
その誇り高さでヒトを死なせる

そそくさと
よってきては
ばったばったと

ヒトはカレの目の前で死んでいく
なぎ倒《たお》されたヒトを哀《かな》しみながら
カレはその哀しみをバネに
さらに誇り高く生きている……

……ように見える

心はどこにあるのかな

心はどこにあるのかな
心はなにをするのかな

心はどこかで予感を感じ
心はどこかで希望を醸《かも》す

心はどこかでわたしの今を
せっせせっせと掘《ほ》り起《お》こす

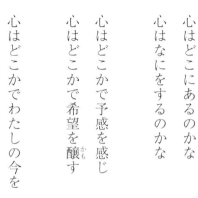

心はわたしの過去《かこ》まで掘り返《かえ》し
今の心とブレンドし
塩田に撒《ま》かれる海水のように
天日に干《ほ》したりもして
明日を生きるための
隠《かく》し味《あじ》みたいな
甘じょっぱい希望を生成する

って　そんな気がする
だから
心はどこにあってもいいのよ　きっと

泥《どろ》だんご

児童公園の砂場《すなば》の縁《へり》に
まん丸い泥だんごが　いた

ポストに手紙を投函《とうかん》した帰り
泥だんごは砂場の縁から
30センチほどの地面に移動《いどう》し
細長い影法師《かげぼうし》を作っていた
縁にいては影法師を作れなかったのだ

影法師を持った泥だんごは

黒々と悠々《ゆうゆう》と夕日を浴びている
湿《しめ》らされ丸められ固められた
揺《ゆ》るぎないまん丸が
手紙のなかの言葉を揺さぶる

手紙の三行目　あの言葉
私《わたし》が転がした　あの言葉
ポストの中の　あの言葉

相手に届《とど》くまでに
どこかで影法師を作ってくれ！
黒々と悠々としたまん丸になってくれ！

はじめてのぼたん雪

九州にはめったにない大雪になりそうで
小学校は二時間でおしまいだった
友だちと二人の帰り道
「ぼたん雪はボタンのごと
　硬《かた》かて思うとった」
「ふかふかやったねぇ」
手のひらの雪を食べてはしゃいだ

友だちの親戚《しんせき》の前までくると
おばさんが友だちを呼《よ》んだ

「お父さんが迎《むか》えに来《く》ってよ」
友だちは親戚の家に消えた

急に冷たく硬くなったぼたん雪が
わたしの顔とランドセルを
べちゃべちゃたたいた
家のすぐ近くまできても
ランドセルは泣かなかったけれど
父さんのいないわたしの顔はこらえきれなかった

「いつもはがまんづよかとに
　雪の冷たさには負けてしもうたね」
母さんはわたしの手をくるんだ

わたしは凍《こお》りついた

……そうだったのか
母さんはわたしと同じではないのか
母さんとわたしは違《ちが》うことを思うのか……

わたしのなかのぼたん雪が
粉々に飛び散った

Ⅱ　プリズム

風ではないものが

風ではないものが
しだれ桜《ざくら》の小枝《こえだ》を揺《ゆ》する

鳥ではないものが
薄暗《うすぐら》い胸《むね》の混沌《こんとん》を啄《ついば》む

閉《し》め切った窓《まど》を開いたら
小枝を揺するものが見えるだろうか
薄暗い混沌を
啄むものが見えるだろうか

そーっと窓を開いてみれば
　あぁ　見える
　かすかな明日の気配まで
服を着替《きが》え
日差しのなかへ向かってみようか

風ではないものが
目に見える明日の気配をつれて
しだれ桜の小枝を揺すっている
こんな日だもの

ファースト　キス

黄昏《たそがれ》どき
が
いいかもしれない

場所なら
海辺
裏通《うらどお》り
画廊《がろう》の曲がった入り口辺り
そんなとこでも
いいかもしれない

色なら
青い露草《つゆくさ》や
濃霧《のうむ》のなかの薄明《うすあ》かり
避暑地《ひしょち》の古い籐《とう》の椅子《いす》
そんな色なら
いうことないのに

夢《ゆめ》は叶《かな》えられることもある

じかに触《ふ》れたいと思っていた
あなたの声の優《やさ》しさに
並《なら》んで座《すわ》りたいと思っていた
喫茶店《きっさてん》の蜂蜜《はちみつ》色のＢＧＭのなかに

夢みていた、こんなこと
叶えられている、あんなこと

ああ、夢は叶えられることもある
　聞こえることも触《さわ》れることもある

窓《まど》の外には白い海鳥
そんなおまけまでついて

あなたの声への拘《こだわ》りを
なかなかいえずにいるけれど
いま、潮《しお》の匂《にお》いのなかで
夢が形になっている

保護者《ほごしゃ》のみなさんへ
アテンション　プリーズ！

アドバイスはほどほどで
もう大きくなったので

いっしょに泣いたり
いっしょに笑ったりも
ちょっぴり遠慮《えんりょ》いたします

いまではみなさんと
少々ズレて泣いたり
少々ズレて笑ったりしたい

アテンション　プリーズ！
保護者のみなさん

わたしとの間に
ファミリー　ディスタンスを！

もっと近くへ

なんにも要《い》らない
こっちへ向かって
近づいてきてくれればいい

あっちから
過《す》ぎてゆく　あっちから
わたしの知らない
あなただけが知っている
過去《かこ》から離《はな》れて

こっちへ向かって
のんきそうには歩かずに
走ってでもいいから
もっと近くへ
近すぎるところまで

ヒゲになって会いにきた

寒い夜に
インコの籠《かご》をくるむ冬用の毛布《もうふ》に
去年死んだ猫《ねこ》のヒゲがいっぽん
くるまれていた

仲良しだった
インコの毛布にくるまって
押《お》し入《い》れのなかで過《す》ごしていたのだ
おびただしい時間が

ヒゲの白さからあふれでる

あんなことも
こんなことも
どんなことも

きみがいなくなってからは
意味がすこし変わった

ヒゲの根っこで頬《ほお》を刺《さ》しながら
かけがえのない痛《いた》みに目をこらす

白い不安

知ってるはずの街の裏道《うらみち》で迷《まよ》っている
と、

か　かか　と、烏《からす》が嗤《わら》って
足元に黒い羽根《はね》を落とす

少し反《そ》り返った羽根のカーブが
く　くく　と、
物いいたげに行く手をさえぎる

黒い羽根の白い付け根から
なまっちろい湯気が立ち上《のぼ》っている

この湯気を見せたいの？
ね、ねね？
鳥肌《とりはだ》から抜《ぬ》けたばかりの
3センチばかりの白い不安を

道に迷っているわたしと
おんなじだといいたいの？
ね、ね、ねね？

出来事の花

たくさんの出来事が
過去《かこ》になって降《ふ》り積《つ》もっていく

飽《あ》くことなく降り積もる
たくさんの出来事

出来事はじょじょに腐葉土《ふようど》になり
ワイルドフラワーの種《たね》をばら蒔《ま》けば
出来事の花が一面に咲《さ》くだろうと
なんとはなしに思っていた

けれど
目の前で
時計草の花が開くのを待っていると

わたしの出来事の花は
嘘《うそ》っぽくて

露《つゆ》をこぼさずに開こうとする
時計草の計《はか》り知れない時間こそ
過去を集めた
出来事の花ではないかと思えてくる

バスブスビシバシ

コントラバス
コントラブス

ブラックバス
ブラックブス

オオオニバス
オオオニブス

スクールバス
スクールブス

ニククハナイヒトノ
ニクニクシイヒニク

トゲトゲシイトゲ
バスブスビシバシ

隠《かく》し場所

リスがどんぐりを隠しました
隠した場所を忘《わす》れました
そういう微笑《ほほえ》ましいことではなく

人間がひた隠しに隠して化石化《かせきか》し
忘《わす》れようとしているのは核《かく》のごみ
放射能《ほうしゃのう》に汚染《おせん》された多くの事物《things》
機材、土砂《どしゃ》、衣類、ヘルメット、
原発反対者の危惧《きぐ》、賛成者《さんせいしゃ》の安全宣言《せんげん》……etc.

核のごみを埋《う》めるため
大地を海溝《かいこう》を何百メートルも掘《ほ》り下げろ
巨大《きょだい》な石棺《せっかん》を造《つく》れ
隠し場所の図面は正確《せいかく》に引け
地殻変動《ちかくへんどう》の恐怖《きょうふ》は無論《むろん》
忘れやすい工夫《くふう》まで盛《も》り込《こ》め
後世に災《わざわ》いをもたらす数々の予感ごと
すっぽり覆《おお》う算段《さんだん》をせよ

おー！《Oh!》 それでもなお《Nevertheless》
幾万年か後には隠し場所が曝《さら》される
わたしはその瞬間《しゅんかん》に
ミイラになって居合《いあ》わせたい

亜麻布《あまぬの》と包帯で
ぐるぐる巻《ま》きのまま
お詫《わ》びのおじぎをしたい
申《もう》し訳《わけ》なさのあまり
突然《とつぜん》ぺろんと骸《むくろ》になるにしても
顎《あご》をコクコク鳴らしながら

リスの隠したどんぐりは
原始の森をつくっているというのに

と　つぶやかなくてはならない

川のほとりで

枯《か》れた葦《あし》を二本拾った

子っどもみたい
友だちがいった

ほら　足から胸《むね》まであるよ
こっちは真《ま》っ直《す》ぐ
こっちは先っぽがカーブしてる
真っ直ぐのをあげようか

要《い》らない　自分で持ってれば
二本あるからいいんじゃない
友だちがいった

じゃあ　こうしようっかな
真っ直ぐなのが　Aki
カーブしてるのが　わたし
果たして運命を共にし「考える葦」になれるか

もうっ
そんなこというから　Kyoって……
友だちは口ごもり
意味ありげに　にやりとした

注　「考える葦」……パスカルが
『パンセ』の中で人間の存在を
とらえた言葉

沈《しず》む夕日を追いかける

二人で行った美術館《びじゅつかん》の帰りに
楠《くす》の病葉《わくらば》を拾った
一枚《いちまい》

虫食いの穴《あな》が大小二つ

大きい方の穴《あな》は枯《か》れたフリルの縁《ふち》を持ち
その真ん中からのぞくと
ハス池ははみだしてしまう
池の向こうに沈みかける夕日は
ぎりぎりはみださずフリルの中で輝く

「仏陀《ぶっだ》を真正面で拝《おが》んでいる
やせた男がいたね」
「ん、いたいた……
深々とお辞儀《じぎ》してた……あーっ
葉っぱの穴のフリルに夕日が落ちるぅ」
「沈む夕日を追いかけるには
高い所へ上《のぼ》るしかないか
あの石段《いしだん》を上ろう」
「二つの長い影《かげ》が目的を一つにして
上ってるって美しいかもしれない」
「そうかな？　どうかな？」

高い所は楠の香《かお》りの風が吹《ふ》いていた
楠の香りのなかでのぞくと
フリルの中の夕日は
いちだんと赤く神々《こうごう》しい

沈む夕日を二回も拝めるなんて
高い所へ上ったおかげだ
一人では絶対《ぜったい》に思いつけない

頭いいんだから　こいつ　いつも

白い嘘《うそ》

午前0時。
眠《ねむ》れないわたしの耳のそばで
のどを鳴らす猫《ねこ》。
昼間。
灰色《はいいろ》の羽毛《うもう》を庭に散らしたのは
やっぱりきみではなかったのだろうか。

ね。飛び散った羽毛の中に
風切羽《かざきりばね》が一枚《いちまい》混《ま》じっていたんだよ。
いつも独《ひと》りでりんごを食べにくる

ツグミの羽根の色だったよ。
窓《まど》の外で吹《ふ》き荒《あ》れる北風を
どこかでしのいでいるツグミのことを
風切羽を一枚もがれた鳥が
どんな思いで夜を過《す》ごすかを
いっしょに思ってはくれないだろうか。

そして、ね。
ツグミと遊ぼうとしただけで
命にかかわることはなにもしなかったと
白い嘘でもついてはくれないだろうか。

二人の兄さん

部屋中を爪先立《つまさきだ》ちで歩く上の兄さん
剣道《けんどう》三段《だん》空手は初段《しょだん》
鋭《するど》い目つきで妹をチェック
和室をどたどた走ると叱《しか》る
朝からあくびをすると怒《おこ》る
食事中《しょくじちゅう》背中《せなか》を丸めると視線《しせん》がピシッ
葉隠武士《はがくれぶし》みたいな上の兄さん

木を削《けず》って帆船《はんせん》を作る下の兄さん
竹を割《さ》いて竹ひごを作り鳥籠《とりかご》も作る

自作の緑の竹馬に塀《へい》から乗《の》り移《うつ》り
俺《おれ》の靴《くつ》持ってついてこいと命令する
妹のおやつを取るのは常《つね》で
友だちと取っ組み合いのけんかもする
ガキ大将《だいしょう》みたいな下の兄さん

「もし、東京で
耐《た》えられんごとあったら
じきに帰って来い」
という上の兄さん
「もし、東京で
耐えられんごとあっても
じきには帰って来《く》んな」

という下の兄さん

妹を真《ま》っ二《ぷた》つにしてばかりの

兄さんたち

妹はたまらん

シオマネキ

有明海の入り江《いりえ》の土手道《どてみち》
二回目のデート
引き潮《ひしお》を追いかけて土手道を走った

どこまで行ったら
引き潮に追いつけるか
課題を見つけて真剣《しんけん》に走った

引き潮は思いのほか速く
引いたあとに

つややかな泥《どろ》を残し
のったりとした干潟《ひがた》を作っていく

「あ、シオマネキ
片《かた》っぽのハサミが大きかけんオスね」
「あぁ　引いたばかりの潮ば
必死で招《まね》き寄《よ》せとっ」
「招かれただけで潮は戻って来《く》っ？」
「来っさ　あいつの方が
ぼくらより正確《せいかく》に生きとるやろが」

彼《かれ》はわたしより大人ぶる

シオマネキの正確を
全否定するわけではないけれど
シオマネキや「ぼくら」より
もっと大きな正確を
持っているものが
身近に潜《ひそ》んでいるようで

わたしは慎重《しんちょう》に
辺りの潮の匂《にお》いを嗅《か》ぎまわし
いないようだとわかっても
しばらく殻《から》に閉《と》じこもる

プリズム

あなたとわたし

絶望《ぜつぼう》する理由を
一つずつ抱《かか》えてしまっても
わたしたちのなかのプリズムが
淡《あわ》い月の光で隈《くま》どってくれるよ

希望する理由を
一つずつ抱《だ》いたときは
わたしたちのプリズムは

熱い太陽の光で隈《くま》どってくれるし

月は一つ
太陽も一つ
わたしは一人
あなたも一人

けれどプリズムは測《はか》り知れない光よ

あなたやわたしの
月光色の絶望や燃《も》える希望を
えこひいきの無い虹彩《こうさい》で包《つつ》み込《こ》んでくれる
宇宙からの光よ

海鳥《うみどり》

大津波《おおつなみ》のおびただしい映像《えいぞう》は
穏《おだ》やかな眠《ねむ》りを奪《うば》ったけれど
そのなかのほんの十秒ほどの残像《ざんぞう》が
眠る前の心に勇気を与《あた》える

それは　一羽《いちわ》のカモメ
陸地を飲《の》み込《こ》む津波に逆《さか》らい
飛沫《しぶき》を浴びながら飛翔《ひしょう》するカモメ

海よ　我《われ》を忘《わす》れるな

海よ　海にもどれ
轟々《ごうごう》とうねりを起こす濁流《だくりゅう》に
いまにも呑《の》まれそうな高さを譲《ゆず》らず
カモメの羽《はね》があおられる

陸地に向かう津波に
さらわれそうになりながら
海を諭《さと》すカモメの健気《けなげ》な行為《こうい》

ああ　神とは
あのような場所で
逆立《さかだ》つ風切羽《かざきりばね》のなかで

その無力を
人のように託《かこ》ちつつ

けれど
人をはるかに凌《しの》いで
行為するものに宿《やど》るのだろう

初出一覧

＊「はじめてのぼたん雪」（「日本児童文学」２０２０・11・12月合併号掲載）

＊「ファースト　キス」（「青い一角《つの》のピエロ」２０１１年10月１日〜12月29日「朝日小学生新聞」所収）

＊「隠し場所」（ミニコミ誌「YA!!」２０１２年７月１日号掲載）

＊「海鳥」（ミニコミ誌「YA!!」２０１２年４月１日号掲載）

＊他は書き下ろし

あとがき

『さくら貝とプリズム』をお手に取っていただき、ありがとうございます。自らの思春期の在《あ》り様《よう》を、さまざまなものに事寄《ことよ》せて編んだ詩集です。

振り返りますと、これまでは自身の思春期を何とはなしに封印《ふういん》していました。解き放たなくては……と思ったのは、昨年、日本児童文学者協会発行の「日本児童文学」誌で「九州特集」が編まれ、佐賀県出身のわたしにも、詩の原稿依頼が舞い込んだときでした。私の作品の素は九州にあり、そのおおかたは思春期の出来事だったのでは？と、しばらく棒立ちになるような瞬間でした。

「思春期」って厄介《やっかい》で、曲者《くせもの》で、へそ曲がり。それでいて、永遠の光彩を放っているかのようです。七歳…十四歳…十七歳……それぞれの苦悩は、六十歳や八十歳になってさえ古びることはありません。

九州で初めてぼたん雪を見た七歳の日に、私は母と自分が、違うことを考えていることに気がつきました。それまでは、いちいち言葉にはしなくても、一心同体だと思い込んでいたようです。あの雪の日の、誰に向かってともいえない幼い憤《いきどお》り、独りぼっちの悲しみはいまだに鮮明で、あの日が私の思春期の始まりだったのでしょう。

さくら貝の例えようもない薄紅やプリズムの分散する光は、折に触れ私の思春期を彩り、いつも同郷の画家、東逸子さんの絵を思い起こさせました。「詩にもあの色や光を！」と願い始めたのは、童話の短編に挿絵を描いていただいて以来、何年も前からのことでした。快く願いを叶えていただき、言葉だけの不透明な心象にも、容《かたち》を与えてくださったことを心から感謝しております。

編集部の柴崎俊子さん、西野真由美さんの温かいご助言も得て出来上がったこの思春期詩集。年齢を飛び越えて、自在な共鳴を奏でてくれますように！

２０２１年４月４日（清明）

西沢杏子

詩・西沢　杏子（にしざわ　きょうこ）

詩集に『虫の落とし文』（朝日新聞連載）『虫の恋文』（第19回三越左千夫少年詩賞受賞）『ズレる？』（第15回丸山豊記念現代詩賞受賞）など。絵本に『おちばのプール』『はっぱのてがみ』写真絵本に『はじめまして！こうていペンギン』『どんどん どんぐり！』『カタツムリの親子』『アマガエルの親子』など。幼年童話に『トカゲのはしご』（毎日新聞小さな童話大賞「山下明生賞」受賞）『むしむしたんけんたい』シリーズ三巻、児童小説に『青い一角《つの》』シリーズ四巻、掌編集に『猫年２月30日』など。日本児童文学者協会、日本文藝家協会会員。
http://www.jp/asahi/mushino/otoshibumi/

絵・東　逸子（あずま　いつこ）

東京藝術大学卒業。卒業制作を含む絵本出版をきっかけに銅版画作品で仕事を開始。以降は画集、絵本、挿画、装幀画など主に書籍の仕事を手掛ける。主な絵本に「妖精のわすれもの」（偕成社）、「シンデレラ」「月光公園」「翼の時間」（ミキハウス）、「アマテラス（古事記）」（ほるぷ出版）、「銀河鉄道の夜」（くもん出版）、画集・画文集に「アフェリオン－遠日点」（NTT 出版）、「グリム幻想」（パルコ出版）などがある。

NDC911
神奈川　銀の鈴社　2021
88頁　21cm（さくら貝とプリズム）

ジュニアポエムシリーズ　297
2021年4月26日発行
本体1,600円＋税

さくら貝とプリズム

著　　者　詩・西沢　杏子© 絵・東　逸子©
発 行 者　西野大介
編集発行　㈱銀の鈴社 TEL 0467-61-1930 FAX 0467-61-1931
〒248-0017　神奈川県鎌倉市佐助1-18-21万葉野の花庵
https://www.ginsuzu.com
E-mail info@ginsuzu.com

ISBN978－4－86618－103－5 C8092
落丁・乱丁本はお取り替え致します
印刷　電算印刷
製本　渋谷文泉閣

…ジュニアポエムシリーズ…

1 鈴木敏史詩集　宮下琢郎・絵　星の美しい村　★☆
2 小池知子詩集　高志孝子・絵　おにわいっぱいぼくのなまえ　★☆
3 鶴岡千代子詩集　武田淑子・絵　白い虹　児文芸新人賞
4 楠木しげお詩集　久保雅勇・絵　カワウソの帽子
5 津坂治男詩集　垣内美穂・絵　大きくなったら　★◇
6 後藤れい子詩集　山本まつ子・絵　あくたれぼうずのかぞえうた
7 北村蔦子詩集　柿本幸造・絵　あかちんらくがき
8 吉田瑞穂詩集　吉田翠・絵　しおまねきと少年　⊠★◎
9 新川和江詩集　葉祥明・絵　野のまつり　★☆
10 阪田寛夫詩集　織茂恭子・絵　夕方のにおい　◈★☆○
11 高田敏子詩集　若山憲・絵　枯れ葉と星　★☆
12 原田直友詩集　吉田翠・絵　スイッチョの歌　★◎
13 小林純一詩集　久保雅勇・絵　茂作じいさん　◉★☆♪◎
14 谷川俊太郎詩集　長新太・絵　地球へのピクニック　★◎◇
15 与田準一詩集　深沢省三・深沢紅子・絵　ゆめみることば　★
16 岸田衿子詩集　中谷千代子・絵　だれもいそがない村
17 江間章子詩集　榊原直美・絵　水と風　◇◎
18 原田直友詩集　小野まり・絵　虹—村の風景—　★
19 福田正夫詩集　福田達夫・絵　星の輝く海　★☆
20 草野心平詩集　長野ヒデ子・絵　げんげと蛙　★☆○◇
21 宮田滋子詩集　青木まさる・絵　手紙のおうち　☆○
22 久保田昭三詩集　斎藤彬子・絵　のはらでさきたい
23 鶴岡千代子詩集　加倉井和夫・武田淑子・絵　白いクジャク　★♪
24 尾上尚子詩集　まど・みちお・絵　そらいろのビー玉　児文協新人賞　★☆
25 水上紅詩集　深沢紅子・絵　私のすばる　☆
26 野呂昶詩集　福島一二三・絵　おとのかだん　★
27 こやま峰子詩集　武田淑子・絵　さんかくじょうぎ　☆
28 青戸かいち詩集　駒宮録郎・絵　ぞうの子だって
29 まきたかし詩集　福田達夫・絵　いつか君の花咲くとき　★☆♡
30 薩摩忠詩集　駒宮録郎・絵　まっかな秋　★☆♡
31 新川和江詩集　福島一二三・絵　ヤァ！ヤナギの木　★☆○♡
32 井上靖詩集　駒宮録郎・絵　シリア沙漠の少年　★☆♡
33 古村徹三 詩・絵　笑いの神さま
34 江上波夫詩集　青空風太郎・絵　ミスター人類　○☆
35 秋原秀夫詩集　鈴木義治・絵　風の記憶　★◎
36 水村三千夫詩集　武田淑子・絵　鳩を飛ばす
37 久冨純江詩集　渡辺安芸夫・絵　風車 クッキングポエム
38 日野生三詩集　吉野晃希男・絵　雲のスフィンクス　★
39 佐藤雅子詩集　佐藤太清・広瀬きよみ・絵　五月の風　★
40 小黒恵子詩集　武田淑子・絵　モンキーパズル　★
41 木村信子詩集　山本典子・絵　でていった
42 中野栄子詩集　吉田翠・絵　風のうた　☆
43 宮田滋子詩集　牧村慶子・絵　絵をかく夕日　★
44 大久保テイ子詩集　渡辺安芸夫・絵　はたけの詩　★☆
45 秋原秀夫詩集　赤星亮衛・絵　ちいさなともだち　♥

☆日本図書館協会選定（2015年度で終了）　♪日本童謡賞　♧岡山県選定図書　◇岩手県選定図書
★全国学校図書館協議会選定（SLA）　♡日本子どもの本研究会選定　◆京都府選定図書
□少年詩賞　■茨城県すいせん図書　♥秋田県選定図書　⊠芸術選奨文部大臣賞
○厚生省中央児童福祉審議会すいせん図書　♣愛媛県教育会すいせん図書　◉赤い鳥文学賞　◈赤い靴賞

…ジュニアポエムシリーズ…

46 日友靖子詩集 藤城清治・絵 安西明美・絵 猫曜日だから ◆☆
47 秋葉てる代詩集 武田淑子・絵 ハープムーンの夜に ♡
48 こやま峰子詩集 山本省三・絵 はじめのいーっぽ ★♡
49 黒柳啓子詩集 金子滋・絵 砂かけ狐 ♡
50 三枝ますみ詩集 武田淑子・絵 ピカソの絵 ☆♡♪
51 夢虹二詩集 武田淑子・絵 とんぼの中にぼくがいる ♡○♥
52 はたちよしこ詩集 まど・みちお・絵 レモンの車輪 □♧
53 大岡信詩集 葉祥明・絵 朝の頌歌 ★☆♡♥◎
54 吉田瑞穂詩集 吉田翠・絵 オホーツク海の月 ★☆♡
55 さとう恭子詩集 村上保・絵 銀のしぶき ★☆♡
56 星乃ミミナ詩集 葉祥明・絵 星空の旅人 ★☆♡
57 葉祥明詩・絵 ありがとう そよ風 ★♡▲
58 青戸かいち詩集 初山滋・絵 双葉と風
59 小野ルミ詩集 和田誠・絵 ゆきふるるん ★☆♪♡
60 なぐもはるき詩・絵 たったひとりの読者 ★♡♧

61 小関秀夫詩集 小倉玲子・絵 風《かざ》栞《しおり》 ★♡♥
62 海沼松世詩集 守下さおり・絵 かげろうのなか ☆♡
63 山本龍生詩集 小倉玲子・絵 春行き一番列車 ♡
64 小泉周二詩集 深沢省三・絵 こもりうた ★☆♡
65 かわてせいぞう詩集 若山憲・絵 野原のなかで ♡★♥
66 えぐちまき詩集 赤星亮衛・絵 ぞうのかばん ♡◆♥
67 池田あきつ詩集 小倉玲子・絵 天気雨 ♡
68 藤井則行詩集 君島美知子・絵 友へ ♡♤
69 藤哲生詩集 武田淑子・絵 秋いっぱい ★♠
70 日友靖子詩集 深沢紅子・絵 花天使を見ましたか ★
71 吉田瑞穂詩集 吉田翠・絵 はるおのかきの木 ★
72 小島禄琅詩集 中村陽子・絵 海を越えた蝶 ☆★♥♡
73 にしおまさこ詩集 杉田幸子・絵 あひるの子 ★
74 山下竹二詩集 徳田徳志芸・絵 レモンの木 ★
75 高崎乃理子詩集 奥山英俊・絵 おかあさんの庭 ★♡

76 檜きみこ詩集 広瀬弦・絵 しっぽいっぽん ★♪□☆♡
77 たかはしけいこ詩集 高田三郎・絵 おかあさんのにおい ♡♣□
78 星乃ミミナ詩集 深澤邦朗・絵 花かんむり ♥☆♡
79 佐藤照雄詩集 津波信久・絵 沖縄 風と少年 ☆♡★
80 相馬梅子詩集 やなせたかし・絵 真珠のように ♥★
81 小島禄琅詩集 深沢紅子・絵 地球がすきだ ★
82 鈴木美智子詩集 黒澤梧郎・絵 龍のとぶ村 ◇★♥
83 いがらしれいこ詩集 高田三郎・絵 小さなてのひら ☆
84 宮入黎子詩集 小倉玲子・絵 春のトランペット ☆★
85 下田喜久美詩集 方振寧・絵 ルビーの空気をすいました ☆
86 野呂昶詩集 方振寧・絵 銀の矢ふれふれ ★
87 ちよはらまちこ詩集 ちよはらまちこ・絵 パリパリサラダ ★
88 秋原秀夫詩集 徳田徳志芸・絵 地球のうた ☆★
89 中島あやこ詩集 井上緑・絵 もうひとつの部屋 ★
90 藤川こうのすけ詩集 葉祥明・絵 こころインデックス ☆

✲サトウハチロー賞
✧三木露風賞
♤福井県すいせん図書
▲神奈川県児童福祉審議会推薦優良図書
♠奈良県教育研究会すいせん図書
✧北海道選定図書
◈静岡県すいせん図書
◎学校図書館図書整備協会選定図書（SLBA）
✣毎日童謡賞
✿三越左千夫少年詩賞

…ジュニアポエムシリーズ…

91 新井和詩集 高田三郎・絵 おばあちゃんの手紙 ☆★
92 はなわたえこ詩集 えばとかつこ・絵 みずたまりのへんじ ★♪
93 柏木恵美子詩集 武田淑子・絵 花のなかの先生 ☆
94 中原千津子詩集 寺内直美・絵 鳩への手紙 ★
95 高瀬美代子詩集 小倉玲子・絵 仲なおり ★
96 杉本深由起詩集 若山憲・絵 トマトのきぶん ☆★◎ 児文芸新人賞
97 宍倉さとし詩集 守下さおり・絵 海は青いとはかぎらない ♧
98 石井英行詩集 有賀忍・絵 おじいちゃんの友だち ■
99 なかのひろ詩集 アサト・シェラ・絵 とうさんのラブレター ☆★
100 小松静江詩集 藤川秀之・絵 古自転車のバットマン
101 石原一輝詩集 加藤真夢・絵 空になりたい ☆❖★
102 小泉周二詩集 西真里子・絵 誕生日の朝 ☆■★
103 くすのきしげのり童謡 わたなべあきお・絵 いちにのさんかんび ☆★
104 成本和子詩集 小倉玲子・絵 生まれておいで ☆★❖♡♧
105 伊藤政弘詩集 小倉玲子・絵 心のかたちをした化石 ★

106 川崎洋子詩集 井戸妙子・絵 ハンカチの木 □★☆
107 柘植愛子詩集 油野誠一・絵 はずかしがりやのコジュケイ ❖
108 新谷智恵子詩集 葉祥明・絵 風をください ☆⊕☼♪♡✣
109 金親尚子詩集 牧進・絵 あたたかな大地 ☆
110 黒柳啓子詩集 吉田翠・絵 父ちゃんの足音 ☆★♡□
111 富田栄子詩集 油野誠一・絵 にんじん笛 ♡☆
112 原国子詩集 高畠純・絵 ゆうべのうちに ☆△
113 宇部京子詩集 スズキコージ・絵 よいお天気の日に ○□♪☆◇★
114 武鹿悦子詩集 牧野鈴子・絵 お花見 ☆□
115 山本なおこ詩集 梅田俊作・絵 さりさりと雪の降る日 ☆★
116 小林比呂古詩集 おおた慶文・絵 ねこのみち ☆
117 後藤れい子詩集 渡辺あきお・絵 どろんこアイスクリーム ☆
118 重清良吉詩集 高田三郎・絵 草の上 ☆□❀◆★
119 宮中雲子詩集 西真里子・絵 どんな音がするでしょか ✲★
120 前山敬子詩集 若山憲・絵 のんびりくらげ ☆★

121 川端律子詩集 若山憲・絵 地球の星の上で ♡
122 たかはしけいこ詩集 織茂恭子・絵 とうちゃん ♡❀♣★
123 宮田滋子詩集 深澤邦朗・絵 星の家族 ☆♪
124 国沢たまき詩集 唐沢静・絵 新しい空がある
125 池田あきつ詩集 小倉玲子・絵 かえるの国 ★
126 黒田恵子詩集 倉島千賀子・絵 ボクのすきなおばあちゃん ☆★♡
127 垣内磯子詩集 宮崎照代・絵 よなかのしまうまバス ☆♡★
128 小泉周二詩集 佐藤平八・絵 太陽へ ❀★♪☆♡
129 中島和子詩集 秋里信子・絵 青い地球としゃぼんだま ☆★
130 のろさかん詩集 福島一二三・絵 天のたて琴 ☆
131 加藤丈夫詩集 葉祥明・絵 ただ今受信中 ☆★
132 北原悠子詩集 深沢紅子・絵 あなたがいるから ♡
133 池田もと子詩集 小倉玲子・絵 おんぷになって ♡
134 鈴木初江詩集 吉田翠・絵 はねだしの百合 ★
135 垣内磯子詩集 今井俊・絵 かなしいときには ★

△長野県教育委員会すいせん図書　✡㈶日本動物愛護協会推薦図書
◈茨城県推奨図書　●児童ペン賞

…ジュニアポエムシリーズ…

136 秋葉てる代詩集 やなせたかし・絵　おかしのすきな魔法使い ♪★
137 青戸かいち詩集 永田萠・絵　小さなさようなら ✿★
138 柏木恵美子詩集 高田三郎・絵　雨のシロホン ♡★
139 藤井則行詩集 阿見みどり・絵　春だから ♡★◎
140 黒田勲子詩集 山中冬児・絵　いのちのみちを
141 南郷芳明詩集 的場豊子・絵　花時計
142 やなせたかし 詩・絵　生きているってふしぎだな
143 内田麟太郎詩集 斎藤隆夫・絵　うみがわらっている
144 しまざきふみ詩集 島崎奈緒・絵　こねこのゆめ ♡
145 糸永えつこ詩集 武井武雄・絵　ふしぎの部屋から ♡
146 石坂きみこ詩集 鈴木英二・絵　風の中へ ♡
147 坂本のこ詩集 坂本こう・絵　ぼくの居場所 ♡
148 島村木綿子 詩・絵　森のたまご ✿
149 楠木しげお詩集 わたせせいぞう・絵　まみちゃんのネコ ★
150 牛尾良子詩集 上矢津・絵　おかあさんの気持ち ♡

151 三越左千夫詩集 阿見みどり・絵　せかいでいちばん大きなかがみ ★
152 水村三千夫詩集 高見八重子・絵　月と子ねずみ
153 川越文子詩集 横松桃子・絵　ぼくの一歩ふしぎだね ★
154 すずきゆかり詩集 葉祥明・絵　まっすぐ空へ
155 西田純詩集 葉祥明・絵　木の声水の声
156 清野倭文子詩集 水科舞・絵　ちいさな秘《ひ》密《みつ》
157 川奈静詩集 直江みちる・絵　浜ひるがおはパラボラアンテナ ★◎
158 若木良水詩集 西真里子・絵　光と風の中で
159 牧陽子詩集 渡辺あきお・絵　ねこの詩 ★◎
160 宮田滋子詩集 阿見みどり・絵　愛一輪 ★◎
161 井上灯美子詩集 唐沢静・絵　ことばのくさり ☆♪
162 滝波万理子詩集 滝波裕子・絵　みんな王《おう》様《さま》 ★♪
163 冨岡みち詩集 関口コオ・絵　かぞえられへんせんぞさん ★
164 垣内磯子詩集 辻恵子・切り絵　緑色のライオン ★◎
165 すぎもとれいこ詩集 平井辰夫・絵　ちょっといいことあったとき ★

166 岡田喜代子詩集 おぐらひろかず・絵　千年の音 ★☆◎
167 川奈静詩集 直江みちる・絵　ひもの屋さんの空 ★◎☆♥♡
168 鶴岡千代子詩集 武田淑子・絵　白い花火 ★☆
169 井上灯美子詩集 唐沢静・絵　ちいさい空をノックノック ★◎☆
170 尾崎杏子詩集 ひなた山すじゅう郎・絵　海辺のほいくえん ☆♡★◎
171 柘植愛子詩集 やなせたかし・絵　たんぽぽ線路 ☆♡★◎♪
172 小林比呂古詩集 うめざわのりお・絵　横須賀スケッチ ☆★◎♡▲
173 林佐知子詩集 串田敦子・絵　きょうという日 ☆★◎♡▲
174 後藤基宗子詩集 岡澤由紀子・絵　風とあくしゅ ☆♥★◎♡
175 土屋律子詩集 高瀬のぶえ・絵　るすばんカレー ☆♡★◎▲
176 三輪アイ子詩集 深沢邦朗・絵　かたぐるましてよ ★☆♡
177 田辺瑞美子詩集 西真里子・絵　地球賛歌 ☆★◎
178 高瀬美代子詩集 小倉玲子・絵　オカリナを吹く少女 ☆♡
179 中野惠子詩集 串田敦子・絵　コロポックルでておいで ★♡☆♪
180 松井節子詩集 阿見みどり・絵　風が遊びにきている ★☆♡▲

…ジュニアポエムシリーズ…

181 新谷智恵子詩集 徳田徳志芸・絵 とびたいペンギン 佐世保文学賞 ♡★◎▲

182 牛尾良子詩集 牛尾征治・写真 庭のおしゃべり ♡★◎

183 三枝ますみ詩集 髙見八重子・絵 サバンナの子守歌 ☆★

184 佐藤雅子詩集 佐藤太清・絵 菊池治子 空の牧《まき》場《ば》 ☆★♡■◎◈

185 山内弘子詩集 おぐらひろかず・絵 思い出のポケット ♡★♪

186 山内弘子詩集 阿見みどり・絵 花の旅人 ♡★▲

187 原国子詩集 牧野鈴子・絵 小鳥のしらせ ♡★△◎

188 人見敬子 詩・絵 方《はこ》舟《ぶね》地球号 ―いのちは元気― ♡★◎

189 林佐知子詩集 串田敦子・絵 天にまっすぐ ★☆♡◎

190 小臣富子詩集 渡辺あきお・絵 わんさかわんさかどうぶつさん ✡♡★◎

191 川越文子詩集 かまだちえみ・写真 もうすぐだからね ♡★◎

192 永田喜久男詩集 武田淑子・絵 はんぶんごっこ ☆★◎♡

193 吉田房子詩集 大和田明代・絵 大地はすごい ★◎♡▲

194 石井春香詩集 髙見八重子・絵 人魚の祈り ★♡

195 石原一輝詩集 小倉玲子・絵 雲のひるね ♡

196 たかはしけいこ詩集 髙橋敏彦・絵 そのあと ひとは ★

197 宮田滋子詩集 おおた慶文・絵 風がふく日のお星さま ★♡◎

198 渡辺恵美子詩集 つるみゆき・絵 空をひとりじめ ★♡♪

199 宮中雲子詩集 西真里子・絵 手と手のうた ★

200 杉本深由起詩集 太田大八・絵 漢字のかんじ ★♡✿

201 井上灯美子詩集 唐沢静・絵 心の窓が目だったら ★♡

202 峰松晶子詩集 おおた慶文・絵 きばなコスモスの道 ★♡

203 高橋文子詩集 山中桃子・絵 八丈太鼓 ★♡

204 長野貴子詩集 武田淑子・絵 星座の散歩 ★♡

205 江口正子詩集 髙見八重子・絵 水の勇気 ♡☆★

206 藤本美智子 詩・絵 緑のふんすい ☆♡★

207 林佐知子詩集 串田敦子・絵 春はどどど ♡★◎

208 小関秀夫詩集 阿見みどり・絵 風のほとり ☆♡★▲

209 宗美津子詩集 宗信寛・絵 きたのもりのシマフクロウ ♡★

210 かわてせいぞう詩集 髙橋敏彦・絵 流れのある風景 ☆♡★

211 土屋律子詩集 高瀬のぶえ・絵 ただいまぁ ★♡☆◎▲

212 永田喜久男詩集 武田淑子・絵 かえっておいで ☆♡★

213 みたみちこ詩集 牧進・絵 いのちの色 ♡★

214 糸永えつこ詩集 糸永わかこ・絵 母です 息子です おかまいなく ♡☆★

215 宮田滋子詩集 武田淑子・絵 さくらが走る ♡☆★♪

216 柏木恵美子詩集 吉野晃希男・絵 ひとりぼっちの子クジラ ♡★◎

217 江口正子詩集 髙見八重子・絵 小さな勇気 ♡☆★

218 井上灯美子詩集 唐沢静・絵 いろのエンゼル ★♡

219 中島あやこ詩集 日向山寿十郎・絵 駅伝競走 ★☆♡

220 高橋孝治詩集 髙見八重子・絵 空の道 心の道 ★♡

221 江口正子詩集 日向山寿十郎・絵 勇気の子 ♡☆★

222 宮田滋子詩集 牧野鈴子・絵 白鳥よ ☆★

223 井上良子詩集 銅版画 太陽の指環 ★

224 川越文子詩集 山中桃子・絵 魔法のことば ♡☆★

225 西本みさこ詩集 上司かのん・絵 いつもいっしょ ☆♡

…ジュニアポエムシリーズ…

…ジュニアポエムシリーズ…

271 むらかみみちこ詩・絵　家族のアルバム　★♡
272 井上和子詩集　吉田瑠美・絵　風のあかちゃん　★♡
273 佐藤一志詩集　日向山寿十郎・絵　自然の不思議　♡★
274 小沢千恵詩・絵　やわらかな地球　♡★
275 あべこうぞう詩集　大谷さなえ・絵　生きているしるし　♡★
276 宮田滋子詩集　田中槇子・絵　チューリップのこもりうた　★♡
277 林佐知子詩集　葉祥明・絵　空の日　★♡
278 いしがいようこ詩・絵　ゆれる悲しみ　★♡
279 村瀬保子詩集　武田淑子・絵　すきとおる朝　♡★
280 あわのゆりこ詩集　高畠純・絵　まねっこ　★♡
281 川越文子詩集　福田岩緒・絵　赤い車　★♡
282 白石はるみ詩集　かないゆみこ・絵　エリーゼのために　★♡
283 尾崎杏子詩集　日向山寿十郎・絵　ぼくの北極星　♡★
284 壱岐梢詩集　葉祥明・絵　ここに　★
285 野口正路詩集　山手正彦・絵　光って生きている　★◎

286 樋口てい子詩集　串田敦子・絵　ハネをもったコトバ　★◎
287 火星雅範詩集　西川律子・絵　ささぶねにのったよ
288 大楠翠詩集　吉野晃希男・絵　はてなとびっくり　★◎❀
289 大澤清詩集　阿見みどり・絵　組曲　いかに生きるか　★
290 たかはしけいこ詩集　織茂恭子・絵　いっしょ　★♡◎
291 内田麟太郎詩集　大野八生・絵　なまこのぽんぽん　★◎○
292 はやしゆみ詩集　はなてる・絵　こころの小鳥　♡★◎
293 いしがいようこ詩・絵　あ・そ・ぼ！　★♡◎
294 帆草とうか詩・絵　空をしかくく切りとって　★♡
295 土屋律子詩集　吉野晃希男・絵　コピーロボット　★◎♡
296 川上佐貴子詩集　はなてる・絵　アジアのかけ橋　♡
297 西沢杏子詩集　東逸子・絵　さくら貝とプリズム
298 鈴木初江詩集　小倉玲子・絵　めぐりめぐる水のうた
299 白谷玲花詩集　牧野鈴子・絵　母さんのシャボン玉

＊刊行の順番はシリーズ番号と異なる場合があります。

ジュニアポエムシリーズは、子どもにもわかる言葉で真実の世界をうたう個人詩集のシリーズです。

本シリーズからは、毎回多くの作品が教科書等の掲載詩に選ばれており、1974年以来、全国の小・中学校の図書館や公共図書館等で、長く、広く、読み継がれています。

心を育むポエムの世界。

一人でも多くの子どもや大人に豊かなポエムの世界が届くよう、ジュニアポエムシリーズはこれからも小さな灯をともし続けて参ります。

銀の小箱シリーズ　A5変型

- 葉 祥明・詩・絵　小さな庭
- 若山 憲・詩・絵　白い煙突
- こばやしひろこ・詩 うめざわのりお・絵　みんななかよし
- 江口 正子・詩 油野 誠一・絵　みてみたい
- やなせたかし 詩・絵　あこがれよなかよくしよう
- 冨岡 みち・詩 関口 コオ・絵　ないしょやで
- 小林比呂古・詩 神谷 健雄・絵　花かたみ
- 小泉 周二・詩 辻 友紀子・絵　誕生日・おめでとう
- 柏原 耿子・詩 阿見みどり・絵　アハハ・ウフフ・オホホ★♡▲
- こばやしひろこ・詩 うめざわのりお・絵　ジャムパンみたいなお月さま★▲

小さな詩の絵本　新企画　オールカラー・A6判

- 内田麟太郎・詩 たかすかずみ・絵　いっしょに

すずのねえほん　B6判

- たかはしけいこ・詩 中釜浩一郎・絵　わたし★◎
- 尾上 尚子・詩 小倉 玲子・絵　ぽわぽわん
- 糸永えつこ・詩 高見八重子・絵　はるなつあきふゆもうひとつ★ 児文芸新人賞
- 山口 敦子・詩 高橋 宏幸・絵　ばあばとあそぼう
- あらい・まさはる・童謡 しのはらはれみ・絵　けさいちばんのおはようさん
- 佐藤 雅子・詩 佐藤 太清・絵　こもりうたのように 美しい日本の12ヵ月 日本童謡賞
- 柏木 隆雄・詩 やなせたかし他・絵　かんさつ日記★♪♡

銀の鈴文庫　文庫サイズ・A6判

- 小沢 千恵・詩 下田 昌克・絵　あのこ♡▲

アンソロジー　A5判

- 渡辺 浦人・編 村上 保・絵　赤い鳥 青い鳥
- わたげの会・編 渡辺あきお・絵　花ひらく♪
- 木 曜会・編 西 真里子・絵　いまも星はでている★
- 木 曜会・編 西 真里子・絵　いったりきたり♡
- 木 曜会・編 西 真里子・絵　宇宙からのメッセージ
- 木 曜会・編 西 真里子・絵　地球のキャッチボール★◎
- 木 曜会・編 西 真里子・絵　おにぎりとんがった☆★◎
- 木 曜会・編 西 真里子・絵　みぃーつけた♡★◎
- 木 曜会・編 西 真里子・絵　ドキドキがとまらない
- 木 曜会・編 西 真里子・絵　神さまのお通り★
- 木 曜会・編 西 真里子・絵　公園の日だまりで★♡
- 木 曜会・編 西 真里子・絵　ねこがのびをする♡★

掌の本 アンソロジー　A7判

- こころの詩 I
- しぜんの詩 I
- いのちの詩 I
- ありがとうの詩 I
- 詩集 希望
- 詩集 家族
- いのちの詩集—いきものと野菜
- ことばの詩集—方言と手紙
- 詩集—夢・おめでとう
- 詩集—ふるさと・旅立ち

掌の本　A7判

- 森埜こみち・詩 下田 昌克・絵　こんなときは！